Julia Donaldson -

SUPERASTICOT

GALLIMARD JEUNESSE

Superasticot est superélancé.
Superasticot est supermusclé.
Voyez comme il ondule !
Voyez comme il tortille du dos !
Hip, hip, hip, hourra !
Pour SUPERASTICOT !

À l'aide ! Malheur ! Bébé grenouille
A sauté sur la route ! Et si un vélo l'écrabouille ?

« Vite ! Quel affreux tableau ! »

Regardez : un lasso SUPERASTICOT !

Les abeilles se morfondent au jardin.
Il leur faut un nouveau jeu plein d'entrain.

Haut les cœurs, les abeilles ! Plus de morosité…

Voici SUPERASTICOT, corde à sauter !

Le scarabée est tombé dans le puits !
Est-il en train de se noyer ? Quel ennui !

Pas de panique :
quelqu'un
se dépêche...

C'est SUPERASTICOT, canne à pêche !

C'est alors que grenouilles,
Scarabées, abeilles en masse,
Frères escargots et sœurs limaces,
Perce-oreille, l'oncle, et fourmi, la tante,
Applaudissent à tout rompre et chantent :

« Superasticot est superélancé.
Superasticot est supermusclé.
Voyez comme il ondule !
Voyez comme il tortille du dos !
Hip, hip, hip, hourra !
Pour SUPERASTICOT ! »

Emporté par le vent,
Le chant se fraye un chemin
Jusqu'au repaire du saurien, le magicien.
Celui-ci grommelle à l'oreille
De son serviteur : « Trouve cet asticot
Et ramène-le-moi sur l'heure. »

Le corbeau, son serviteur, est couleur de nuit.
Tout le monde a peur de lui
Et laisse échapper un cri gigantesque
En voyant Superasticot dans son bec.

Le saurien agite sa fleur magique.
« À présent, tu es mon domestique.
Creuse la terre et gigote fort
Pour me rapporter un trésor. »

Superasticot rouspète
D'avoir un saurien au-dessus de sa tête,
Mais quand il tente de s'esquiver
L'autre use de sa magie pour l'immobiliser.

Sans relâche, Superasticot tourne et vire,
Mais les seuls trésors dans sa ligne de mire
Sont deux boutons, une moitié de bouchon,
Un caramel et une fourchette à l'abandon.

Le saurien bat de la queue comme un fou.
« Je te laisse une dernière chance. Si tu échoues
À trouver sous terre ce trésor
Mon corbeau affamé te dévore. »

Le corbeau vole à travers bois.
Chacun l'observe, plein d'effroi,
Se percher sur un chêne géant
Et pousser son sinistre croassement :

« Superasticot est un régal !
Superasticot calme ma fringale !
Il est bien tendre et bien gros,
Hip, hip, hip, hourra !
Pour SUPERASTICOT ! »

« Il faut faire quelque chose ! Dépêchons-nous !
Superasticot a des ennuis jusqu'au cou !
Nous devons à tout prix l'aider.
Un plan malin, il faut échafauder ! »

Les animaux du jardin quittent leur maison,
Un rayon de miel en cargaison.

Ils sautent, ils rampent, ils volent…

… et trouvent le saurien endormi sur le sol.

Ils mangent les pétales de sa fleur unique
Pour lui dérober son pouvoir magique.

Les chenilles ramassent des feuilles,

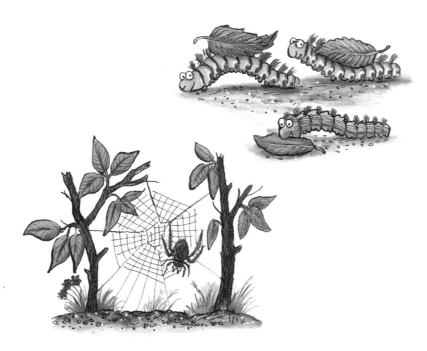

Tandis que l'araignée tisse sans fermer l'œil.

La toile est solide. La toile est serrée.
Le saurien est tout saucissonné.

« Ce n'est pas drôle ! dit-il en se réveillant.
Je suis couvert de feuilles et tout collant. »

Abeilles et scarabées prennent leur envol,
Hissant la toile pour qu'elle décolle.

« C'est l'endroit idéal »
et…

PATATRAS !
Le saurien atterrit dans les papiers gras !

Et voilà que de sous la terre
Retentit un grondement sévère.
Le sol se soulève et c'est alors…

… que SUPERASTICOT
pointe le nez dehors !

Superasticot, balançoire !

Superasticot, toboggan !

Superasticot, Hula-Hoop !

Superasticot,
slalom géant !

Superasticot, ceinture !

Superasticot,
bonnet !

Superasticot, grue !

Superasticot, bus !

Superasticot aux agrès !

C'est alors que grenouilles, scarabées,
abeilles en masse,
Frères escargots et sœurs limaces,
Perce-oreille, l'oncle, et fourmi, la tante,
Applaudissent à tout rompre et chantent :

« Superasticot est superélancé.
Superasticot est supermusclé.
Voyez comme il ondule !
Voyez comme il tortille du dos !
Hip, hip, hip, hourra !
Pour SUPERASTICOT ! »

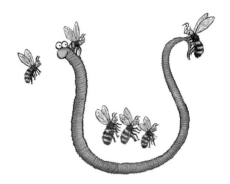

Pour Leo
J.D.

TRADUCTION DE CATHERINE GIBERT

ISBN : 978-2-07-066474-0
Publié pour la première fois par Alison Green Books,
un imprint de Scholastic Children Books, Royaume-Uni
Titre original : *Superworm*
© Julia Donaldson 2012, pour le texte
© Axel Scheffler 2012, pour les illustrations
Julia Donaldson et Axel Scheffler revendiquent le bénéfice de leur droit moral.
Tous droits réservés.
© Gallimard Jeunesse 2012, pour la traduction française,
2015, pour la présente édition
Numéro d'édition : 276817
Loi n° 49-956 du 16 juillet 1949 sur les publications destinées à la jeunesse
Dépôt légal : mars 2015
Imprimé en France par I.M.E.
Maquette : Karine Benoit

PEFC
10-31-1093
Certifié PEFC
Ce produit est issu
de forêts gérées
durablement et de
sources contrôlées.
pefc-france.org